LEGO® STAR WARS®

LA MISIÓN DE DARTH MAUL

ACE LANDERS — ILUSTRADO POR DAVID WHITE

THE PUBLISHER DOES NOT HAVE ANY CONTROL OVER AND DOES NOT ASSUME ANY RESPONSIBILITY FOR AUTHOR OR THIRD-PARTY WEBSITES OR THEIR CONTENT.

SCHOLASTIC INC.

THIS BOOK IS A WORK OF FICTION. NAMES, CHARACTERS, PLACES, AND INCIDENTS ARE EITHER THE PRODUCT OF THE AUTHOR'S IMAGINATION OR ARE USED FICTITIOUSLY, AND ANY RESEMBLANCE TO ACTUAL PERSONS, LIVING OR DEAD, BUSINESS ESTABLISHMENTS, EVENTS, OR LOCALES IS ENTIRELY COINCIDENTAL.

ISBN 978-0-545-85178-7

10 9 8 7 6 5 4 3   15 16 17 18 19/0

PRINTED IN THE U.S.A.   40
FIRST SCHOLASTIC SPANISH PRINTING, SEPTEMBER 2015

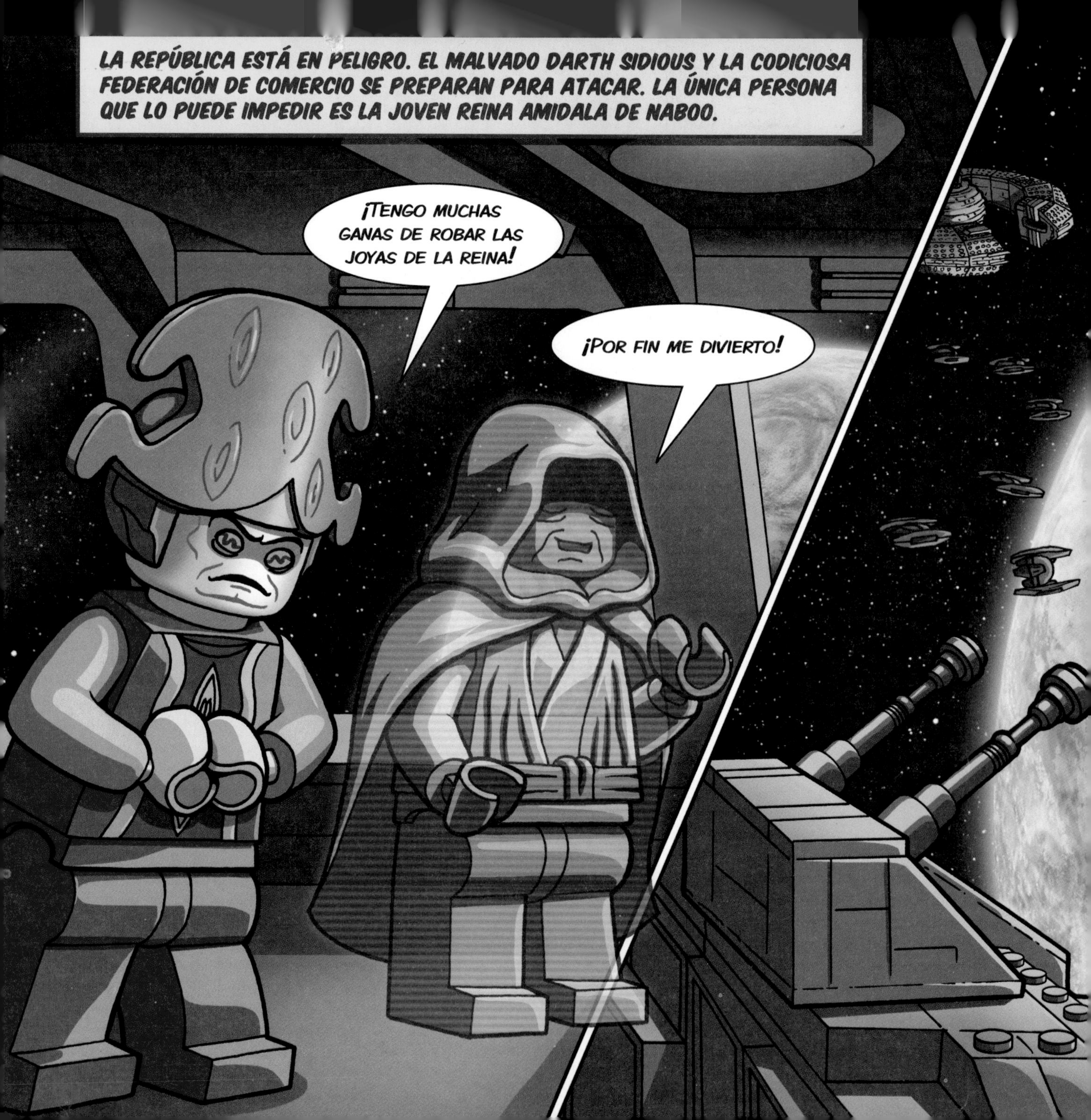
LA REPÚBLICA ESTÁ EN PELIGRO. EL MALVADO DARTH SIDIOUS Y LA CODICIOSA FEDERACIÓN DE COMERCIO SE PREPARAN PARA ATACAR. LA ÚNICA PERSONA QUE LO PUEDE IMPEDIR ES LA JOVEN REINA AMIDALA DE NABOO.
¡TENGO MUCHAS GANAS DE ROBAR LAS JOYAS DE LA REINA!
¡POR FIN ME DIVIERTO!

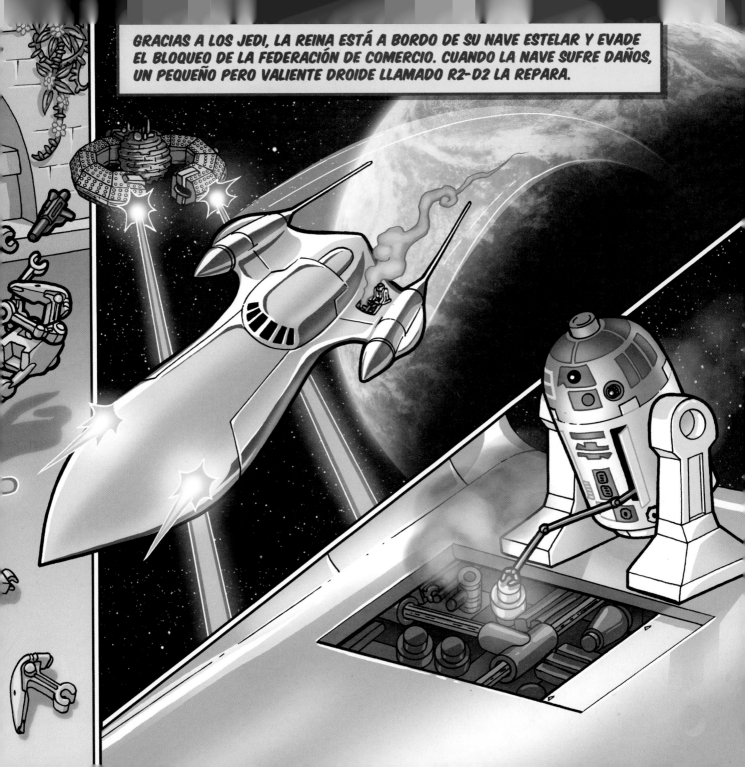

GRACIAS A LOS JEDI, LA REINA ESTÁ A BORDO DE SU NAVE ESTELAR Y EVADE EL BLOQUEO DE LA FEDERACIÓN DE COMERCIO. CUANDO LA NAVE SUFRE DAÑOS, UN PEQUEÑO PERO VALIENTE DROIDE LLAMADO R2-D2 LA REPARA.

CUANDO QUI-GON Y SU EQUIPO VUELVEN A SU NAVE, VEN ALGO EXTRAÑO: LA FIESTA DE DARTH MAUI.

DARTH MAUL Y QUI-GON SE BATEN, SE ESQUIVAN Y SE ATACAN EL UNO AL OTRO. EL RUIDO QUE HACEN LOS SABLES DE LUZ AL CHOCAR CORTA EL AIRE DEL DESIERTO.

LA REINA VUELA DE REGRESO A NABOO PARA ENFRENTAR AL EJÉRCITO DE LA FEDERACIÓN DE COMERCIO, PERO DARTH MAUL ESTÁ A LA ESPERA DE LOS CABALLEROS JEDI.

QUI-GON Y OBI-WAN ATACAN A DARTH MAUL. MAUL PELEA DANDO SALTOS Y VOLTERETAS
Y LOGRA GOLPEAR A OBI-WAN Y TUMBARLO. LUEGO METE A QUI-GON EN UN CLÓSET PARA
PODER PELEAR UNO A UNO CON OBI-WAN.

POR FIN LOS HÉROES PUEDEN CELEBRAR.